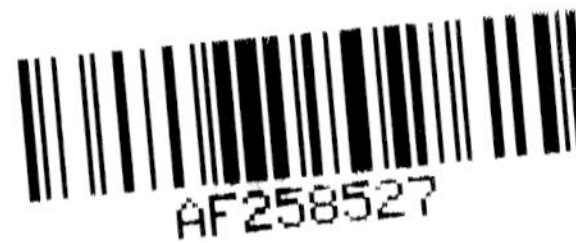
AF258527

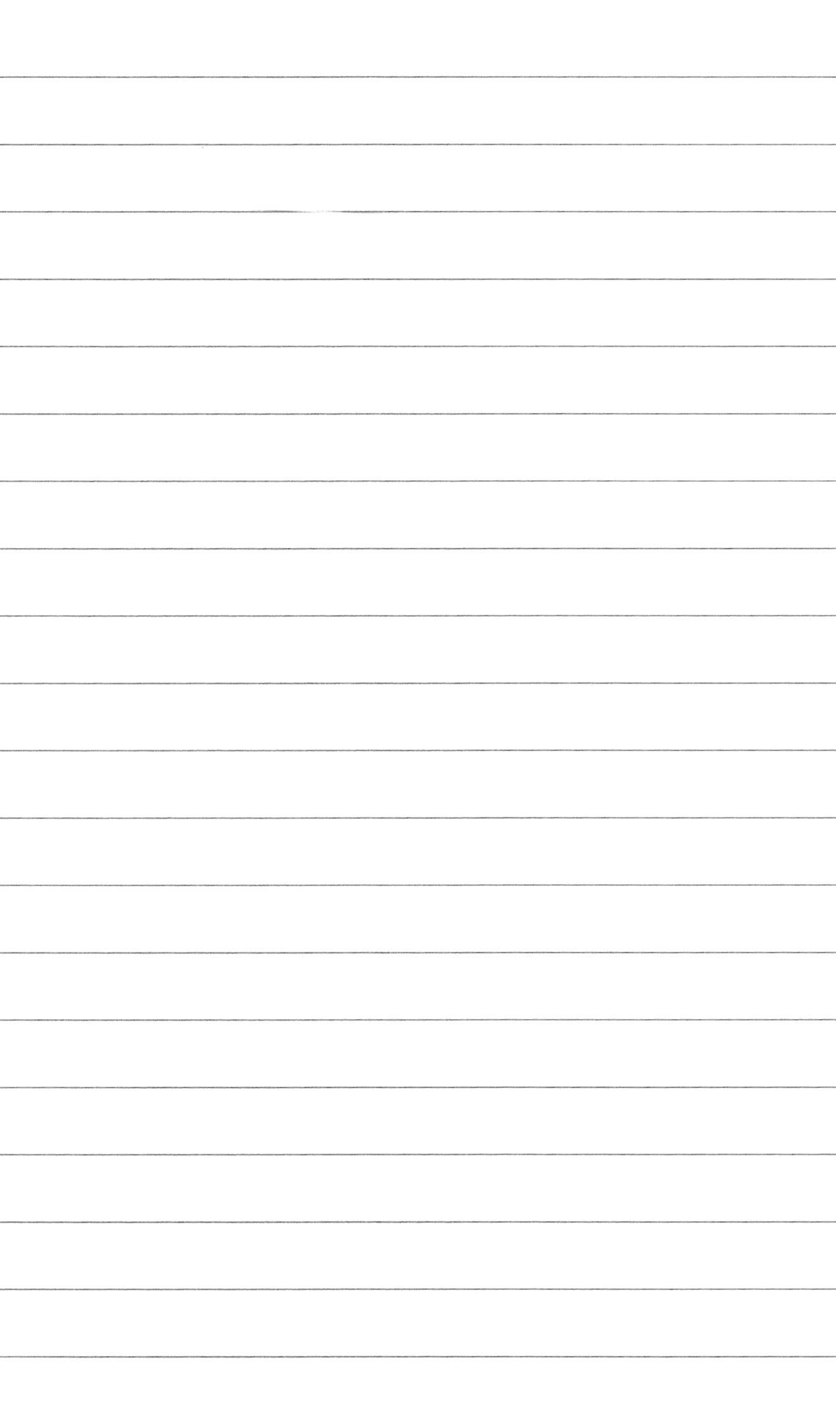

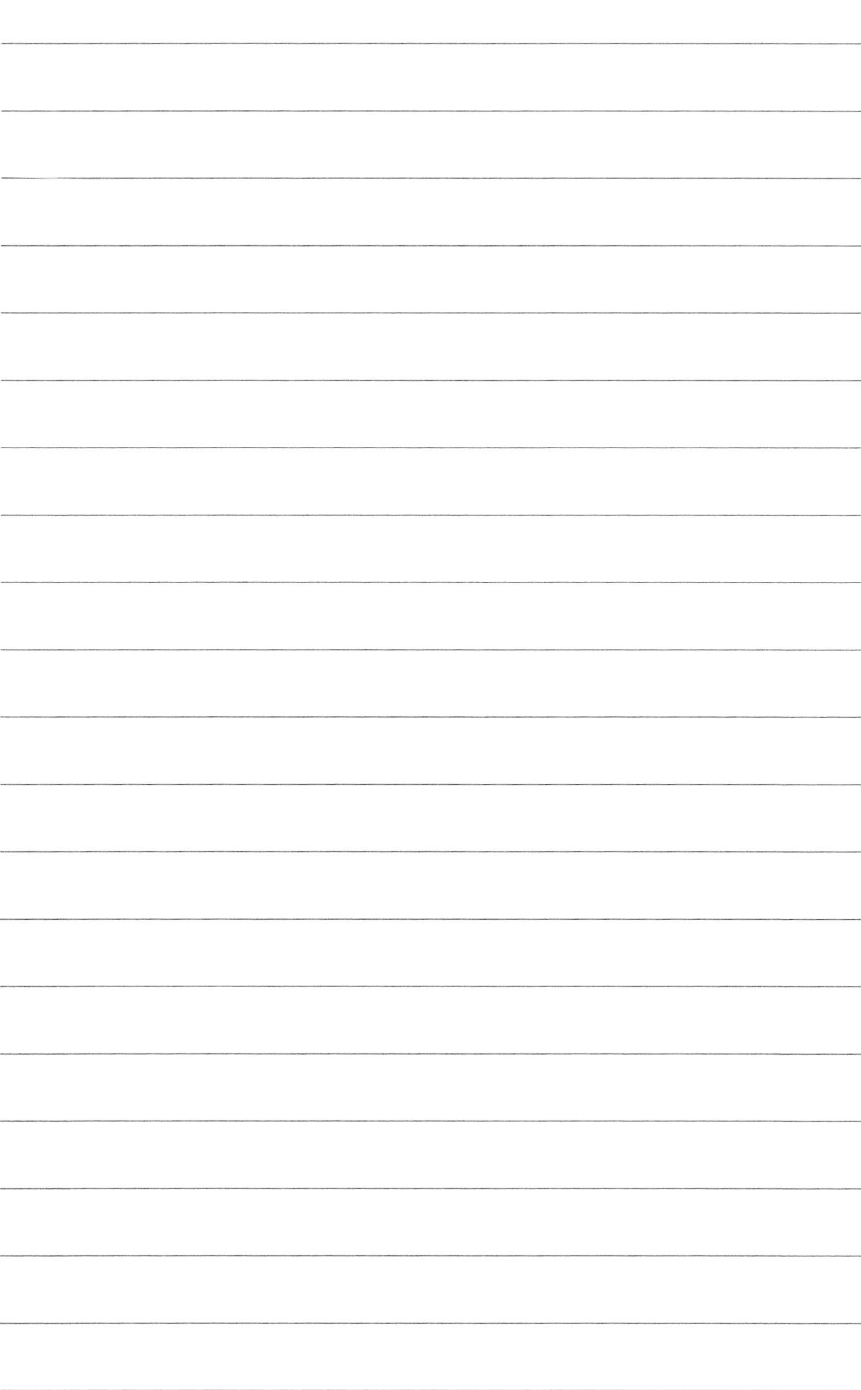

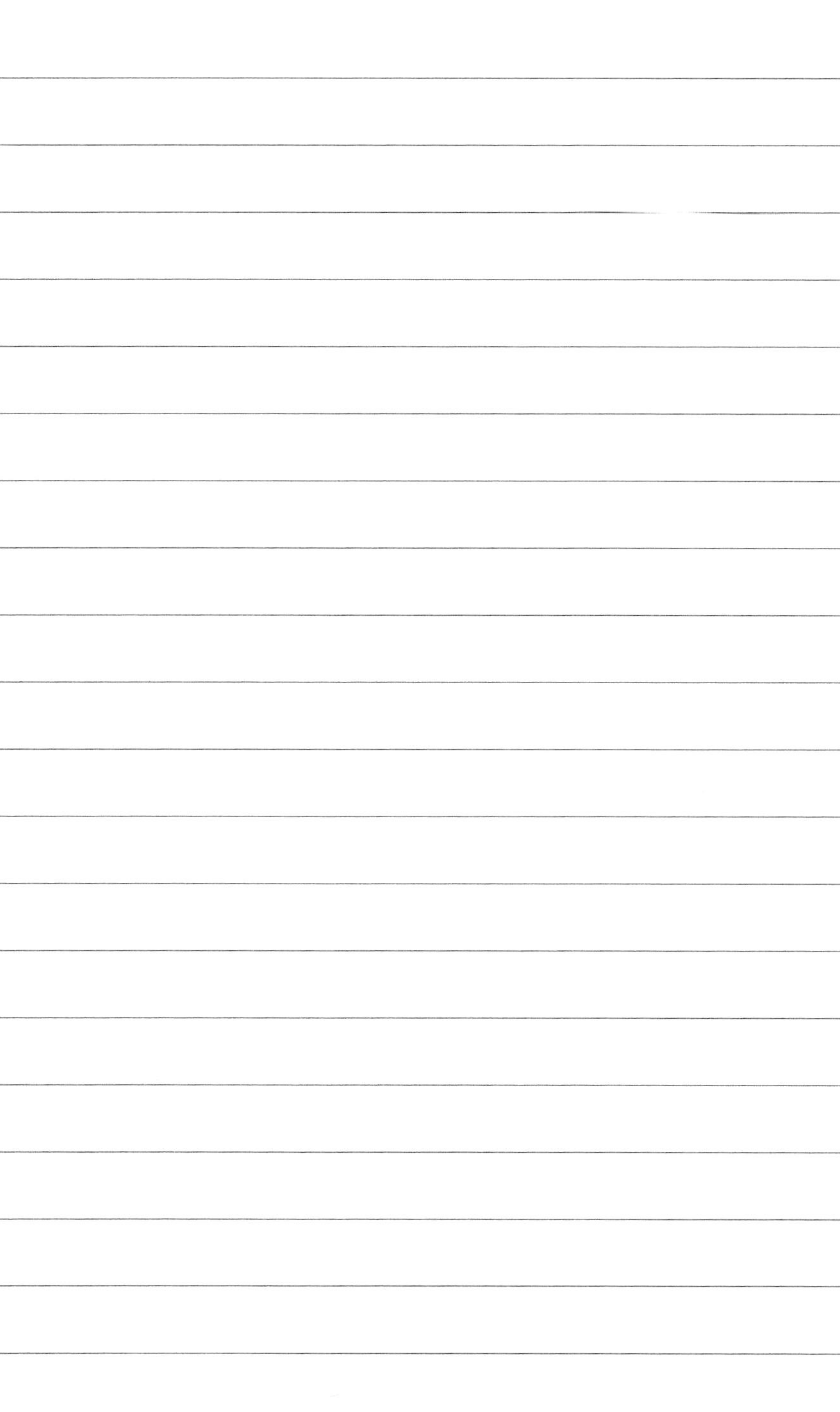

www.ingramcontent.com/pod-product-compliance
Lightning Source LLC
Chambersburg PA
CBHW051459050726
47593CB00005B/2145

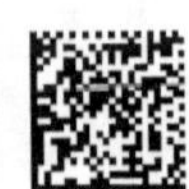

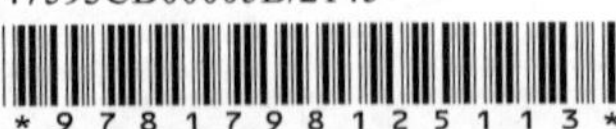